MW00889362

«រឿងនាងក្រមុំចុងផ្ដៅ»៖

កាលពីព្រេងនាយ មានយាយតាពីរនាក់ប្រពន្ធប្ដី ដែលជាគ្រួសារក្រីក្រមួយ រស់នៅក្នុងផ្ទះកូចចាស់មួយដែលសង់ឡើងពីស្បូវនៅក្នុងព្រៃ។ ផ្ទះគាត់មានចិញ្ចឹមសត្វជ្រូកមាន់ នឹងធ្វើស្រែដាំស្រូវនឹងដាំបន្លែនៅឯចំការដែលនៅ សែនឆ្ងាយពីផ្ទះផងដែរ។ ពួកគាត់ស្នាក់នៅចំការនោះពី៩ទៅ១០យប់ក្នុងមួយខែ ដោយសារតែវានៅឆ្ងាយពីផ្ទះពេក។

Once upon a time, there was a poor elderly couple who lived in a small, old thatch house at the edge of the forest.

At home they raised pigs and chickens and they also grew rice and vegetables on their farm which was quite far away from their house.

They spent nine or ten nights per month there because of the long distance.

មានថ្ងៃមួយ ពួកគាត់បានទៅកាប់ចុងផ្កៅនៅងព្រៃដែលឆ្ងាយពីផ្ទះរបស់ខ្លួន ដើម្បីយកមកធ្វើម្ហូបល្បាច។ បន្ទាប់ពីកាប់បានមកពួកគាត់បានយកចុងផ្កៅទាំងនោះ មកផ្ទះដើម្បីទុកធ្វើសម្ល ប៉ុន្តែពួកគាត់ ភ្លេចដោយមិនបានយកវាមកស្លរដើម្បីបរិភោគ តជាមួយបាយមុនពេលចេញទៅចម្ការទេ។ នៅថ្ងៃបន្ទាប់ ពួកគាត់បាននាំគ្នាធ្វើដំ ណើរទៅចម្ការអស់ទៅ។ ដោយសារតែការស្នាក់នៅចម្ការមានរយៈពេលយូរ បាន ធ្វើឲ្យយាយតាភ្លេចថាខ្លួនមានចុងផ្កៅសម្រាប់យកមកស្លរនៅពេលដែលយាយតាត្ រឡប់មកផ្ទះក្នុងភូមិវិញ។

One day they went to collect the top shoots of the rattan stalk in the forest, to add to their dinner. However, when they returned home and prepared their meal, they ended up forgetting to cook it. The next day they left for their farm and the rattan remained uncooked and forgotten.

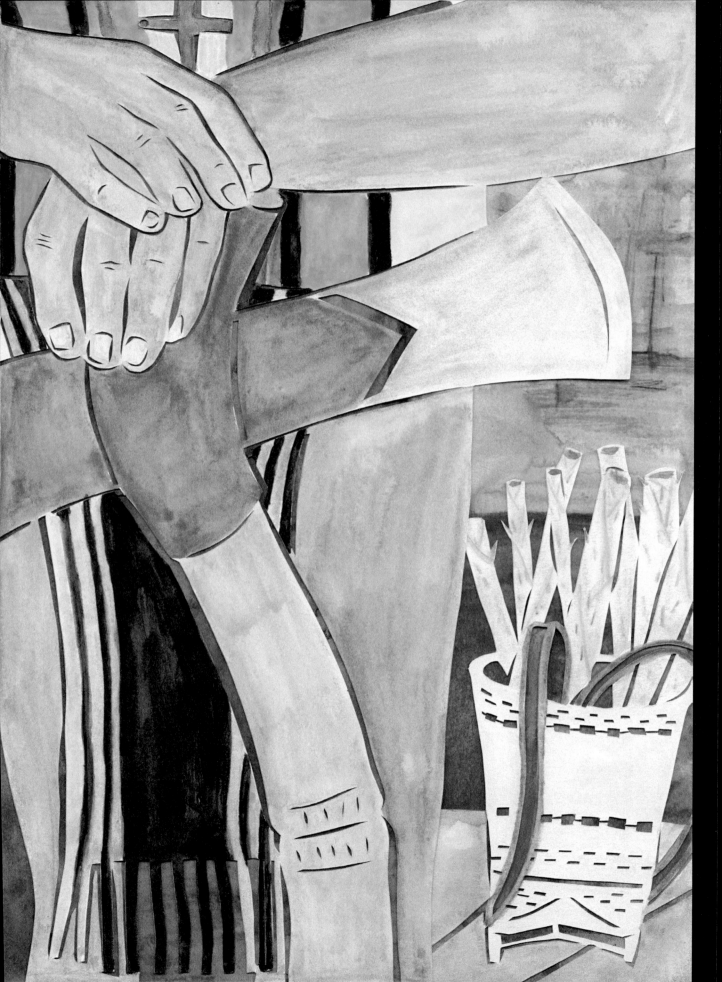

លុះនាប្រលប់មួយនោះ ពេលពូកតាត់បានធ្វើដំណើរត្រឡប់មកវិញ មេឃក៏បានបង្អុលភ្លៀងយ៉ាងខ្លាំង ធ្វើគាត់ប្រញាប់រួតរះៗ។ ពេលមកដល់ យាយតាឃើញទ្វារផ្ទះរបស់ខ្លួនត្រូវបានបិទយ៉ាងជិត និងមានពន្លឺភ្លើងក្នុងផ្ទះផងដែរៗ ពូកតាត់មានការងឿងឆ្ងល់យ៉ាងខ្លាំង ហើយក៏បានបើកទ្វារចូលទៅក្នុងផ្ទះរួចក្រឡេកមើលទៅលើគ្រែ ក៏ស្រាប់តែឃើញបាយសម្លរឆ្អិនស្រាប់។

On the night that they returned, rain was falling heavily and the couple hurried home. When they reached their house, they noticed a light shining beneath the closed door. They were very confused and quickly went to investigate. Upon entering the house, to their amazement they discovered cooked food and rice.

ផ្ទះត្រូវបានបោសសំអាតយ៉ាងស្អាត ហើយជ្រូកមាន់ក៏មានអ្នកដាក់ចំនីអោយហើយ
ទៀតៗ ទាំងពីរនាក់ប្រពន្ធប្ដី មានការងឿងឆ្ងល់ថា «មិនដឹងជាមាននរណាមកដាំបាយសម្ពរ
ដាក់បាយឲ្យជ្រូក និងដាំបាយជ្រូក រួមទាំងបោសសម្រាមជុំវិញ
និងក្នុងផ្ទះរបស់ខ្លួននោះទេ»។ ចាប់តាំងពីថ្ងៃនោះមក នៅរៀងរាល់ពេលដែលពួកគា
ត់ចេញដំណើរទៅចម្ការ យាយតាតែងតែប្រាប់ឲ្យបងប្អូន និងអ្នកភូមិជួយមើលផ្ទះ
និងដាក់បាយអោយជ្រូក និងមាន់របស់គាត់ជានិច្ច ព្រោះថាពួកគាត់ត្រូវសម្រាកយប់នៅឯច
ម្ការ។ មានថ្ងៃមួយនោះ អ្នកភូមិនាំគ្នាភ្ញើល ព្រោះសុខៗស្រាប់តែមានពន្លឺភ្លើងចេញពីក្នុងផ្ទះ
យាយតា ហើយនៅក្នុង និងនៅជុំវិញផ្ទះនោះមិនមានសម្រាមទាល់តែសោះ គឺវាត្រូវបានបោ
សសម្អាតយ៉ាងស្អាតតែម្តងហើយថែមទាំងឃើញនារីម្នាក់ដ៏ស្រស់ស្អាតបង្ហាញខ្លួនចេញចូល
និងធ្វើការនៅក្នុងផ្ទះនោះទៀតៗ តែនៅពេលដែលអ្នកភូមិចូលទៅជិតនាង នាងក៏គេចខ្លួនចូ
លទៅក្នុងគុម្ពោធផ្កោបាត់ទៅៗ ពេលយាយតាត្រលប់មកផ្ទះវិញ អ្នកភូមិក៏បានប្រាប់ដំនើរឿ
ងនេះជូនពួកគាត់។ រឿងនេះធ្វើអោយពួកគាត់ឆ្ងល់ណាស់ ព្រោះពួកគាត់មិនមានកូនចៅទេ
ហេតុដូច្នេះហើយទើបពួកគាត់ពឹងបងប្អូន និងអ្នកភូមិ ជួយមើលផ្ទះសម្បេង
និងជ្រូកមាន់របស់ពួកគាត់ នៅពេលដែលពួកគាត់ទៅចម្ការៗ

The house had been swept clean, and when they checked on the pigs and chickens, they were already fed. Perplexed, the couple sat down for dinner before heading off to bed.

After that strange event, the couple asked their relatives and fellow villagers to help look after their house and animals while they were away. One day, the villagers noticed a light shining beneath the door of the house of the old couple. They also noticed and that the place was clean tidy, with no rubbish anywhere. Just then, they saw a beautiful woman appear, but when they approached her, she fled for the safety of the layers of the rattan petals and disappeared. When the old couple returned, the villagers told them about the beautiful and mysterious woman. The old man and woman were puzzled as they had no children or grandchildren and didn't expect anyone in their home while they were away.

បន្ទាប់ពីញអ្នកភូមិប្រាប់ដូចនោះមក យាយតាមានការឆ្ងល់យ៉ាងខ្លាំង «ថាតើនារីនោះជាអ្នកណា?» ដូច្នេះមានថ្ងៃមួយនោះ យាយតាក៏បានកុហកអ្នកភូមិថាខ្លួននឹងត្រូវទៅចម្ការ ហើយសម្រាកយប់នៅទីនោះ និងបានផ្ដាំផ្ញើអ្នកភូមិឲ្យជួយមើលផ្ទះសម្បែង និងជ្រូកមាន់ទារបស់ខ្លួនព្រោះយាយតាចង់ពិសោធន៍មើលថា តើមាននារីក្រមុំដ៏ស្រស់ស្អាតពិតដូចដែលអ្នកភូមិនិយាយដែរឬទេ។ មិនមានមនុស្សនៅផ្លូវទៅនៅពេលយាយតាទៅចម្ការអស់។ លុះដល់ពេលល្ងាចយាយតាបាននាំគ្នាត្រឡប់ពីចម្ការមកភូមិ និងចូលទៅក្នុងផ្ទះខ្លួនដោយស្ងាត់ៗក៏ស្រាប់តែឃើញនារីក្រមុំនោះមែន ដោយនាងកំពុងតែដាំបាយសម្ល នៅនឹងចង្ក្រាន។ នាងក្រមុំមិនដឹងថាយាយតាត្រឡប់មកផ្ទះវិញ និងមើលឃើញនាងនោះទេ។ វៀពចនោះយាយតាក៏បានស្រែកសួរនាង ហើយនាងក៏ភ្ញាក់ខ្លួនព្រឹត និងភ័យស្រទ្រាំងកាំងយ៉ាងខ្លាំង។

The old man and woman hatched a plan to discover the identity of the illusive woman. They pretended to leave for the farm for the night but later that evening, they returned to the house. They entered their house quietly and sure enough, they saw a young woman cooking food over their fire, her back turned to them. Unaware of the couple's presence, the woman continued undisturbed. After a few moments the man and woman confronted her. Panicked and frightened she tried to run for the rattan pile but they blocked her and prevented her from escaping to the safety of the rattan petals.

បន្ទាប់ពីពេលនោះមក នាងក្រមុំដែលមានរូបសម្បស្សស្រស់ស្អាតមួយរូបនោះ មិនអាចចូលខ្លួនទៅក្នុងសម្បកចុងផ្កានោះវិញបានទៀតទេ។ គឺនាងមានតែ រស់នៅជាមនុស្សធម្មតាជាមួយនឹងយាយតាពីរនាក់ប្រពន្ធប្ដីនោះរហូតទៅ។ បន្ទាប់ពីពេលនោះផងដែរ មានកម្លោះៗជាច្រើនសុំចូលស្តីដណ្ដឹងនាងក្រមុំយកម កធ្វើជាប្រពន្ធ តែត្រូវនាងបដិសេធន៍ទាំងអស់។ នៅពេលដែលនាងពុំដំណឹងថា មានពួកកម្លោះៗមកសុំចូលស្តីដណ្ដឹងនាង នាងតែងតែរត់ទៅលាក់ខ្លួនបាត់ លុះ ដំរាបណាកំលោះៗទាំងនោះត្រឡប់ទៅវិញ ទើបនាងចេញមកបង្ហាញខ្លួន។ រីងក្រមុំៗជាច្រើននៅក្នុងភូមិវិញ មានការច្រណែននាងយ៉ាងខ្លាំងដោយសារតែសម្ប រស់ដ៏ទាក់ទាញរបស់នាង។ ហេតុដូចនេះហើយ ទើបជារឿយៗនាងត្រូវបានគេបន្ទ ទោសបង្ខាប់ នឹងវិៈគន់ថា នាងជាអ្នកក្រវហាម។

The woman could no longer return to the rattan petals and had to live with the old couple from then on. Many suitors heard about her and sought her hand in marriage but she ignored them all, choosing instead to hide until they left. The other women in the village were jealous of all the attention she was getting and often teased and criticized her for being poor.

លុះមានយប់មួយនោះ មានកម្លោះជនជាតិប្រេះម្នាក់បានដើរមកឆ្លងកាត់ភូមិ
នោះ និង បានសុំផ្ទះយាយតាស្នាក់នៅមួយយប់។ ?» បន្ទាប់ពីនាងក្រមុំបានរៀប
បចំបាយទឹកឲ្យបុរសនោះបរិភោគរួច។ កម្លោះរូបនោះបានសួរទៅយាយតាថា «
តើនាងក្រមុំម្នាក់នេះជាកូនចៅរបស់នរណា? យាយតាបានឆ្លើយតបថា
«នាងជាចៅរបស់ពួកខ្ញុំ»។ រួចកម្លោះនោះក៏សួរទៀតថា
តើឪពុកម្ដាយរបស់នាងនៅឯណា? យាយតាបានឆ្លើយឡើងថា «ឪពុកម្ដាយរបស់
នាងស្លាប់បាត់អស់ហើយ។ » លុះព្រឹកស្អែកឡើងបុរសនោះក៏បានសុំលាយាយតា
បន្ដដំណើររបស់ខ្លួនទៅមុខទៀត។ នៅតាមផ្លូវគាត់បានប្រាប់ទៅអ្នកភូមិអំពីដំនើរ
រឿងរបស់នាងក្រមុំដែលគាត់លង់ស្រឡាញ់នោះ។ អ្នកភូមិបានប្រាប់កម្លោះជនជា
តិប្រេះនោះថា «យាយតាពីរនាក់ប្រពន្ធប្ដីនោះគ្មានកូនចៅទេ ណាមួយក្រទៀតផងង
ក្រហូតគ្មានបាយទឹកហូប»។ ម្យ៉ាងវិញទៀតអ្នកភូមិក៏នាំគ្នានិយាយទៅកម្លោះនោះ
ថា«បើអ្នកកម្លោះងងចង់បានប្រពន្ធមែននោះអ្នកកម្លោះងងមកចូលស្ដីដណ្ដឹងកូនសុ
វីរបស់ពួកមីងមក។

One night, a Bres man from a distant village passed by and sought refuge for the night. He approached the house of the old couple and the rattan woman served him a meal. He was curious about the stunning woman and inquired about her to her parents. The old couple replied "Her parents died and she is our grandchild." The Bres man went to leave the following morning, and on his way out, spoke to some of the villagers about the woman he had become fascinated with. They told him, "The old man and woman don't have any children or grandchildren. Don't bother with them, they are poor, with little food and water. If you want a wife, we have daughters that are unmarried."

ពាក្យសម្តីទាំងនេះបានឮដល់ត្រចៀកយាយតាពីរនាក់ប្រពន្ធថ្មី ។ ដូចេ្នះមានថ្ងៃមួយនោះ យាយតាបានដូចកម្លោះនោះ និងបាននិយាយទៅកាន់កម្ម លោះជនជាតិប្រែនោះថា«បើចៅងចង់ចូលស្តីដណ្តឹងកូនក្រមុំអ្នកណាក៏ស្រេចតែ ចិត្តចៅងចុះ យាយតាមិនថាអ្វីទេ ព្រោះអ្វីចៅស្រីរបស់យាយតាមិនស្អាត ក្រីក្រ និង ល្ងិតល្ងង់ទៀតផង។ » មិនតែប៉ុណ្ណោះក្មេងស្រីៗនៅក្នុងភូមិ នាំគ្នាសើចចម្អកឲ្យ នាងក្រមុំចុងផ្ដៅថា «គេមិនចូលស្តីដណ្តឹងនាងងងទេ នាងសម្រៃ គេនឹងមកចូលស្តី ពួកខ្ញុំណោះវិញទៅ។» ក្រោយពេលឃើញអ្នកភូមិចម្អកឲ្យដូចេ្នះ នាងក្រមុំចុងផ្ដៅ បានបញ្ចេញវេទមន្ត ធ្វើឲ្យគ្រួសារបស់យាយតាមានសម្ភៀកបំពាក់ ស្រូវអង្ករ គោ ក្របី ដំរី និង ទ្រព្យសម្បត្តិផ្សេងៗទៀតយ៉ាងច្រើនសុកសម្ភ។

The old man and woman overheard what the villagers told the Bres man. Sometime later, he returned to their village again and they told him, "It is your choice who you want for a wife of course. Our grandchild is not the most beautiful, we are poor and uneducated. We understand if you do not want her."

One day soon after the Bres man left their village for a second time, the rattan woman grew tired of being teased by the other women in the village so she used her magical powers to make more wealth for her adopted grandparents. She created rice, cows, buffaloes, and elephants.

មានថ្ងៃមួយនោះ កម្លោះជនជាតិប្រេះបានត្រឡប់មកភូមិដែលយាយតានោះកំពុង
រស់នៅវិញ ដោយបានឃើញគ្រួសាររបស់យាយតាជាគ្រួសារអ្នកមានទ្រព្យស
ម្បត្តិសុកស្តម្ភ។ ឃើញដូច្នោះកម្លោះរូបនោះ បាននិយាយទៅកាន់នារីក្រមុំៗក្នុង
ភូមិថា «ហេតុអ្វីបានជាពួកនាងថាគ្រួសាររបស់ យាយតានោះក្រ ព្រោះពេលនេះ
ខ្ញុំឃើញពួកគាត់មានទ្រព្យសម្បត្តិហូរហៀរច្រើនណាស់។» ពួកនារីក្រមុំៗក្នុងភូ
មិនោះបានឆ្លើយតបវិញថា «ប្រហែលជាគ្រួសាររបស់យាយតានោះ លួចឆក់ឆ្ពូ
ន់ទ្រព្យសម្បត្តិរបស់គេហើយមើលទៅ។» រួចកម្លោះនោះក៏បានបន្តថា «បើសិន
ជាពួកគាត់លួចឆក់ឆ្ពូន់គេមែននោះ ម្តេចក៏មិនឃើញមាននរណា បាត់គោក្របី
និងទ្រព្យសម្បត្តិ?» កម្លោះនោះមិនជឿថាគ្រួសាររបស់យាយតានោះទៅលួច ឬ
ឆក់ឆ្ពូន់ទ្រព្យសម្បត្តិរបស់អ្នកដទៃនោះទេ ហើយកម្លោះនោះបានសន្និដ្ឋានថា យា
យតាអាចមានទ្រព្យសម្បត្តិហូរហៀរបែបនេះដោយសារតែពួកគាត់ចិញ្ចឹមចៅស្អា
វីក្រមុំរបស់ពួកគាត់នោះឯង។ បន្ទាប់មកកម្លោះនោះបានសុំចូលស្តីដណ្តឹង និង
រៀបការជាមួយនាងក្រមុំនោះទៅ។

Time passed, and the Bres man eventually returned to the village for the third time and noticed the wealth of the old couple. He asked the villagers why they were so poor before and now they appeared very wealthy. They replied, "They stole that wealth from other people." But the Bres man was not convinced and asked them why no one complained about their theft, to which they did not reply. So the Bres man ignored the villagers and visited the old man and woman to ask for their granddaughter's hand in marriage, and they and the rattan woman accepted.

ក្នុងថ្ងៃរៀបការនោះ មនុស្សជាច្រើននៅតែងឿងឆ្ងល់ពីប្រភពរបស់នាង «តើនរណាជាឪពុកម្តាយរបស់នាង? ឬមួយនាងជាកូនរបស់អ្នកបម្រើគេ ឬ ជាកូនរបស់ទេវតា ហើយនាងមកទីនេះបានដោយសារអ្វី?» រួចនាងក្រមុំនោះក៏យកសម្បកចុងផ្កៅដែលយាយតាវុទុកក្នុងកន្ទេលមកបង្ហាញ និង ប្រាប់យាយតានិងអ្នកភូមិទាំងអស់ថា «ចាស! យាយតាគឺសម្បកចុងផ្កៅនេះហើយ ជាឪពុកម្តាយរបស់នាងខ្ញុំ។

When the day of their wedding arrived, many people still wondered about the origins of the rattan woman. Who were her real parents? Was she the daughter or servant of a spirit? How did she get to the village? Finally, giving in to their relentless curiosity, the woman brought forth the rattan which was wrapped in a woven mat. "This is where I come from," she explained. Seeing the uncertainty of the villagers, the rattan woman added, "The petal layers are my parents."

82066663R00015

Made in the USA
San Bernardino, CA
13 July 2018